KB076029

다음 생에 할 일들

다음 생에 할 일들

안 주 철 시 집

창비

차 례

제1부

밥 먹는 풍경

둥그렇게 어둠을 밀어올린 가로등 불빛이 십원일 때
차오르기 시작하는 달이 손잡이 떨어진 숟가락일 때
엠보싱 화장지가 없다고 등 돌리고 손님이 욕할 때
동전을 바꾸기 위해 껌 사는 사람을 볼 때
전화하다 잘못 뱉은 침이 가게 유리창을 타고
유성처럼 흘러내릴 때
아이가 아이스크림을 사러 와
냉장고 문을 열고 열반에 들 때
가게 문을 열고 닫을 때마다
진열대와 엄마의 경제가 흔들릴 때
가게 평상에서 사내들이 술 마시며 떠들 때
그러다 목소리가 소주 두병일 때
물건을 찾다 엉덩이와 입을 삐죽거리며 나가는 아가씨가
술 취한 사내들을 보고 공짜로 겁먹을 때
이놈의 가게 팔아버리라고 내가 소릴 지를 때
아무 말 없이 엄마가
내 뒤통수를 후려칠 때

이런 때
나와 엄마는 꼭 밥 먹고 있었다

봄밤입니다

봄밤이 시작되었습니다. 어디에서 출발했는지 모르지만
뜰에는 목련이 두그루입니다. 두그루밖에 되지 않아도
뜰은 가득합니다.

목련은 봄밤에 몰래 꺼내 써야 합니다.
아내에게 걸리고
딸아이에게 걸리면
봄밤 중이라고 부끄러워하면서 말하겠습니다.

불행한 시를 오늘만은 쓰지 않고
오늘만은 쓸쓸함에 기대거나
슬픔에 만족하지 않으려고 합니다.

고양이 한마리가 울고 있습니다. 듣지 못하는 고양이는
제 울음소리를 한번도 듣지 못한 고양이는
쓰다듬어주어야 합니다.

귀를 잡아당겨서

10

자루처럼 길어질 때까지 잡아당겨서
고양이 울음소리를 담아주어야 합니다.

봄밤인가요? 봄밤입니다. 혼자 묻고 혼자 대답해도
봄밤입니다.

당신이 걷고 있는 길은 살아서 길길이 날뛰나요?
봄밤입니다.

겨울이 내 살을 만진다

우리 집은 노을이 필요하지 않다.
일을 끝내고 집에 돌아와 저녁을 먹고 나면
끓는 물을 대야에 붓는다. 저리 가.
겨울을 피해 방으로 들어온 늙은 개 워키가
구석에서 새끼를 낳는다. 낳다가 좁은 방을
돌아다니며 피를 흘린다. 몇마리일까?

워키가 낳은 새끼 등에서 꼬물거리며 수십마리
물고기들이 천장을 향해 헤엄을 친다.

소금 한줌을 대야에 뿌리고 나는
물이 뜨거운지 뜨겁지 않은지 엄마에게 말해야 한다.
물이 식는 속도를 센다.
물고기를 세는 방법으로
물고기가 더이상 도망가지 않을 때까지

엄마의 발가락을 감고 있던 붕대가 풀리자
피가 쏟아진다. 엄마는 등을 돌린다. 나는

저 등을 좋아하지 않는다.

등 너머에 엄마의 발가락이 보인다.
발가락 끝이 벌어지고 뼈 한마디가 톡
대야에 떨어진다.
대야에 붉은 꽃잎이 한장 두장
오래도록 펼쳐진다. 한송이가 될 때까지

물을 버리기 위해 대야를 들고 밖에 나가
엄마의 허연 뼈 한마디를 들고 서서 고민한다.
누구에게 엄마라고 불러야 하지?

거울 속에 다시 노을이 끓는다.

나는 내 살이 어디까지인지 알 수 없다.

혀로 지은 집

죽은 노인의 혀를 잘라냈다.
달빛을 한근이나 사용하고 나서
노인의 질긴 혀를
노인이 유일하게 물려받은 묵은 나이에서
잘라낼 수 있었다.
살아온 일생을 반의반도 담지 못한 가죽과
마누라와 자식을 패다 남은 힘이
뒤란에는 아직 몇병 남아 있다.

계란 껍데기같이 도랑에 말라붙어 놀던 아이들이
논둑에서 먹지도 않을 전통을 캐고 있다.
저녁이 될 때까지 아이들의 놀이는 끝나지
않을 것이다. 뽑아낸 나물 자리같이 노을이 진다.

문중 산에 묻히지 못한 한이
죽은 자의 한은 아니어서 다행이고
산 자들의 푸념이어서 다행이다.
둘 다 슬픔이 적다.

그믐이 시작되는 혀도
곱게 잘라간다. 이 사내는 덤으로 다리도 잘라간다.
세상에 자신의 발자국을 절반도 남기지
않았기 때문에 몇근 되지는 않지만
남은 허벅지라도 잘라간다.
어둠을 한 박스 다 사용했다.

나는 단 한번도 사용하지 않은
혀로 집을 지을 것이다.
무덤 위 얼어붙은 눈같이 앉아서
혀를 깎을 것이다.
간판을 내걸고
세련된 침묵을 진열할 것이다.

살아남은 사람

마을에 마지막 남은 사람이 숨을 거두었다.

나는 풀들이 야금야금 씹어 삼킨 마당 구석에서
석유를 듬뿍 먹인 쥐 꼬리에 불을 붙였다.
저편에 돼지껍데기를 물고 가는 개떼가 보였다.

나는 사내의 살점을 한점 한점
이 세상에서 받아보지 못한 공손한 손끝으로 뜯어내며
소문보다 빠르게 사라진 마을을 내려다보았다.

사내의 살점과 뼈를 추려 싸리나무 잠박에 널었다.
살점과 뼈와 눈이 뽕잎 뜯는 소리를 내며
어둠속에서 말라갔다.

황사가 불었다. 새로운 사막이 도착했다.
마을 사람들로 지은 나의 집은 아직 완성되지 않았지만
그동안 모아두었던 사람들의 눈으로
창문으로 날아드는 모래바람을 막아냈다.

눈동자에 모래가 박히자
나의 창문들이 울기 시작했다.
빛과 희망을 미처 막아내지 못했다.

벽도 지붕도 이제 거의 완벽했다.
마을엔 이제 단 한사람도 남아 있지 않았다.
마을 사람들이 다 죽었는데 이상했다.
뼈가 모자랐다. 아무리 다시 세어도 눈동자가 부족했다.

한사람분이었다.

함부르크

새롭게 죽을 고향과 새로운 무덤이 생겼다.
어둠을 오랫동안 만질 수 있는
머나먼 북구의 항구가 생겼다.

내가 태어난 고향이 나보다 먼저 죽어서
고향도 아버지에 불과하다는 걸
인정하게 되었지만
미련한 비유에 기대어 살기에도 지쳐서
잘게 떠는 손끝에 걸리는 술잔이 무거워서

해변으로 바다의 나이를 세는
파도가 밀려온다. 엄마의 붕대를 푼다.
피에 젖은 거즈가 밀려온다.
등을 돌리고 밀려온다.

내가 낳은 딸아이의 고향은
수평선 위에 꽃이 피는 먼 나라이기 때문에
내가 태어난 마을과 쑥스러운 국적을 잊기로 한다.

죽은 나무에 물을 주듯이
죽은 나무에 내 손의 떨림을 기울여주듯이
잊기로 한다.

방파제에 앉아 삶은 문어를 들고
삶은 방파제를 떠올리다 낚싯바늘에 걸린
잡어처럼 피식 웃는다. 딸아이의 발가락에
모래가 낀 것 같지만 파도가 센 것이 꼭
모래의 나이만은 아닐 것이다.

마을

개나리 덤불이
손가락을 구부려 어둠을 쥐고 있었다.

열개의 검고 작은 달이
계란을 움켜쥔 손끝에 뜨듯이

개나리 덤불 속으로 들어가면
고양이 이빨 자국 깊숙이 난
쥐 대가리들

좀더 깊이 어둠속으로 들어가면
고양이가 내뱉은 토막 난 쥐의 다리들

너덜너덜한 다리들이 조금씩 움직였다.

쥐 대가리들
짧게 끊어진 다리들
길고 긴 어둠에 붙어 어디론가

20

떠나갈 준비를 하고 있었다.

이런 동물을 나는 마을이라 부른다.
이런 동물을 나는 마을이라 부른다.

거친 나무상자

사과나무 아래에는
녹슨 전기밥솥과 뒤집어진 양말 한짝
과수원집의 대문 문고리가
벌레 먹은 사과 옆에 떨어져 있고
빈집 벽에는 내가 그려놓은
몇덩어리 달이 풀숲에 엉겨 있는
김씨와 김씨의 아내를 희미하게
비추고 있다.

사과나무 그림자는 대문처럼
사과나무 아래 검게 닫혀 있고

사과나무 그림자 속으로
몰래 들어가버린 김씨와
사과나무 그림자를 버리고 떠난 김씨의 아내는
바람이 불 때마다 사과나무 이파리 사이로
한입 베어 먹은 사과처럼
옷을 추스르고

사과나무 아래 버려진
거친 나무상자에는 썩은 사과와 잎들이 쌓여가고
이끼 낀 상자 바닥은 축축하게
사과나무 뿌리에 엉겨붙은
김씨의 아내의 거웃처럼 젖어 있다.

별들의 서열

좀더 어두워져야 한다.
병아리 주둥이 자르는 일에도
적정의 어둠은 필요하다.
어둠의 농도를 하늘의 별빛으로 가늠해보는 아버지
마음의 준비가
늘 저 어둠에 달려 있다니?

형이 일어섰다.
침묵이 침묵을 이끈다.
아버지도 일어섰다.
누이와 나도 먼 별처럼 희미하게 일어섰다.

별들의 서열을 지키며 이 깊은 밤
가족들은 병아리 축사로 걸어간다.

엄마도 따라온다. 다리를 절면서
얼마 남지 않은 세상을
마당에 꾹꾹 눌러 새기며

달 뜨는 밤

달 뜨는 밤이다.
어제저녁 엄마의 발가락에서
뼈 한마디가 떨어진다.
희다. 피에 젖은 뼈는 더 희다.
엄마가 해주는 팔베개를
처음으로 마다하는 밤이다.

깨진 유리

거지는 모닥불 앞에서 한장씩 녹아내리고 있었다.
나는 그의 등 세발짝 너머에서
마을을 지나칠 때마다 새를 쫓듯
아이들과 함께 돌멩이처럼 소리 지르고
발을 구를 때마다
뒤돌아보며 도망가던 그를 생각했다.

그는 사람들이 마을을 떠나며 버린 정서를
겹겹이 입고 있었다.
허리까지 깊숙이 타들어간 코트에선
참고할 만한 삶이 보이지 않았다.
하지만 그의 삶이
어디에서 헐리게 될지는 생각하지 않았다.

내가 점심을 먹고 마을 입구에 나왔을 때에도
마을 빈집을 돌며 수십장의 유리창을 깨고
다시 흑백사진을 뿌옇게 지키고 있는
액자를 깨고 돌아왔을 때에도

일어설 힘을 불 속으로 던지고 있었는지
모닥불은 꺼지지 않았다.

저녁이 되면서 그의 몸은 다 녹아내려 질척거리고
모닥불에서 가장 멀리 떨어진 살점부터
깨진 유리처럼 얼어붙기 시작했다.

모래로 덮은 말

도랑 옆에는 까마귀밥이 익는다.
까마귀밥 열매는 익으면
작고 둥근 노을이 되었다.
위로가 스며들지 않는 모래
모래 알갱이

주막 마당에 앉아 그림을 그리는 것은
수화를 배우지 못한 옆집 늙은 벙어리를
위한 예습이 아니다.
주막 마당에 앉은 늙은 벙어리와
무릎 같은 얼굴을 한 노인이
그림을 그리고 말을 그리고 생각을 그리다 말고
웃고 얼굴을 찡그리고 술잔을 들고
어깨에 손금을 얹는다.

대화가 끝나자
자전거 벨을 울리며 집으로 돌아가는 늙은 벙어리
그가 버리고 간 나뭇가지, 그 긴 혀로

내 이름을 또박또박 마당에 새겨넣고
늙은 벙어리의 말을 모래로 덮는다.

부러진 나뭇가지에선
벙어리의 발음과 나무의 죽은 나이가 흘러나오고
도랑 끝에서
주인이 버린 개들이 나를 비추며 물을 마신다.

꿈을 지우다

1

밤늦도록 돌아오지 않는 아내를 기다리며
아이에게 책을 읽어준다.
회사를 그만둘 때마다 나는 집에서
한없이 엄마를 기다리는 아이에게 책을 읽어준다.

말을 한발자국씩 배우기 시작한 아이에게
나는 책을 읽어준다. 그러나 아이에게
아이가 진심으로 기다리는 것이
엄마라는 사실을 끝내 말해주지 않는다.

백수가 될 때마다 나는
아내의 등골을 매일 한숟갈씩 떠먹으며
아이에게 책을 읽어주고
아이가 책을 읽어주는 나를 좋아하게 만든다.

2

꿈을 하나 지운다. 흔적도 남기지 않고

쉽게 지워지는 꿈이 신기해서
아내의 꿈도 슬쩍 하나 지운다. 아내의 꿈도
잘 지워진다. 아내는 자잘한 꿈이 많아
손이 많이 간다.

꿈을 지울 때마다 내 몸에 구멍이 하나씩
늘어난다. 구멍을 세는 것이 재미있어서
일정한 속도를 유지하면서 꿈을 지운다.

꿈이 지워질 때마다 내 몸에 구멍이 뚫린다.
아내의 몸에도 구멍이 숭숭 뚫린다. 구멍에서
피가 배어나온다.
혈관이 들어 있는 꿈을 지우고 말았다.

투명한 몸을 한방울씩 적시며 피가 흘러내린다.

희미하게 남아 있다

희미하게 남아 있다.
희박하게 남아 있다.

생활 속에 맺힌 물방울이
빛 한방울을 소중하게 간직하듯이
사랑이라는 말 속에 사랑이 맺히듯이
이별이라는 말 속에 이별이 스며들지 않듯이

희미하게 남아 있다.
희박하게 나의 일부가 남아 있다.

내 속에는 가끔 내가 가득한 느낌이 들고
내 속에는 거의 나 이외의 것이 가득하지만
나와는 멀다. 멀리에 영영 있다.

사랑도 하기 전에
이별도 하기 전에
헤어진 사람과 같이 나는 희미하게

희박하게 숨을 쉰다.

거울을 들여다보아도 내가 없다.
사진을 찍어도 내가 없다.
목에 힘을 주고 뒤를 돌아보아도
내가 없다.

사랑할 준비를 마친 후에도
이별하지 않았는데 이미 헤어진 사람과 같이
희미하게 남아 있다. 희박하지만
명료한 내가
생활 속에 한방울 맺혀 있다.

노인이 되는 방법

혼자 밥을 먹어도 외롭지 않다. 식탐 때문에
혼자 밤늦게 산책을 해도 두렵지 않다.
미인이 쓰러져 뒹구는 술집 근처에 살기 때문에
책을 읽고 내용을 정리하지 않아도 된다.
말할 사람도 없고
애써 기억할 필요도 없기 때문에

친구를 만나도 심심하다. 친구는
사라진 일자리에 빠져 있고 나는
옆 테이블에 앉은 미인의 다리가 궁금해서
아내와 통화를 해도 할 말이 없다. 애인이라도
생겼다면 거짓말이라도 정성스럽게 할 텐데.
여행지에 도착해서도 신기한 것이 하나도 없다.
사진을 몇장 찍으며 나를 속인다.

혼자 밥을 먹으면 눈물이 난다. 식욕이 없어서
혼자 산책을 하면 외롭다. 상점이 모두 문을 닫아서
혼자 영화를 보면 구석에 가서 울고 싶다.

등이 갈라지면서 또 하나의 내가 기어나와
갈라진 등을 두드리며 나를 위로해줄 것 같아서

혼자 기차를 타고 집으로 돌아갈 때 집을 지나친다.
더 오랫동안 집으로 돌아가기 위해서

눈 4

침묵처럼 뚜렷한 살은 없다.
나는 사라질 것이다. 내 살을 문지를 수 있는
방법이 그것밖에 없다. 내 살을 문지르면서
나는 녹는다.

제2부

버릇없는 설계도

미인은 언제나 거울이다. 미인이 바라보지 못하는 것은
거울 속에 뛰는 심장이 아니다. 미인은 거울의 심장.
남자에게도 여자에게도 미인은 기준, 놀라운 계절.

성기를 만지면 다른 나라에 여행 온 기분이다.
내 살을 만질 때에도 여권이 필요하다. 나는
또 어디를 통과하고 있을까?
아내보다 이혼 서류에 도장을 먼저
찍는다고 해도 쓸쓸함의 정도에 선두가 있고 후미가
있는 것이 아니다. 또다시 여권이 필요하다.

물컵 뒤 미인의 손이 과장된 굵기로 굴절되면
죽은 사람의 얼굴이 된다. 저 손은 움직일 때마다
유언이다.

다 모였는데 내가 없다. 또다시 완벽하다.
내가 나를 반대한 서류를 정리해야 한다면 나는
커피를 마저 마시지 못할 것이고 성공에 도착하면

거울 앞에 서서 나를 비추는 거울을 깰 것이다.
그러나 내가 거울을 깰 수 있다고 생각하지 않는다.
산산조각이 나는 것은 또 한번의 완벽한 기회일 뿐이다.

흙벽에 바른 신문을 이제 읽지 않아도 저녁 멍석 위에서
거칠게 익은 감자조림을 밥에 얹어 먹고 나면
어둠이 차례로 일가족을 촛불 밝힌 방으로 밀어넣는다.
어둠속으로 한단 두단 뜨는 별들을 당신이 살던
고향 집으로 오해하지 마라. 당신은 내가 앉은 의자 옆
으로
걸어와 앉았다고 생각하지만 당신은
당신이 그린 그림 속으로 걸어들어갔을 뿐이다.

기념비가 가득한 묘지에 눈 내리는 저녁이다.
마지막 노래를 부르는 사람은 제 노래에 취해
눈을 감고 병실에 누운 사내의 운명이
슬픔과 꽃과 같이 환하지만 창밖에서 울고 있는 고양이의
울음. 그게 사랑이냐? 죽어가는 자를 위한 음악치곤

너무 단조로운 거 아니냐? 자신이 어디에 내리는지
모르는 눈이 묘비명을 지나 어두운 구석에 쌓인다.

길가에 얼어붙은 고양이가 출구다.
그러나 저 문은 이미 누군가 빠져나간 낡은 문이고
닫힌 문이고 폐기된 문이다.

흉측한 길

아침부터 그 흰 개는 길을
깨물고 놔주지 않았다.

길 옆 화단에서 잡초와 시간을
뽑고 있는 노인들은
잠깐씩 그 흰 개를 바라보고
아카시아 꽃잎은 바람이 불 때마다
아주 먼 곳으로 떨어지고 있었지만
떨어지기 전
향기를 잃은 꽃잎은
쉽게 남들의 일이 되는 법

다시 집으로 돌아오는 길
트럭이 그 흰 개를 밟고 지나갈 때
그 흰 개는 털을 세우고
길을 물어뜯기 시작했다.

잠시 속도를 줄이며

백미러를 통해 그 흰 개를 확인하는 운전사

거울에 비친 죽음은
거울에 맺힌 상보다
더 가까운 거리에 있다.

한대의 승용차가 그 흰 개를
밟고, 잠시 갓길에 서서
그 흰 개를 바라보고 있다.

그 흰 개의 입은 뭉그러져 있고
터진 옆구리가 길을
삼키기 직전

나는 길 건너편
가파른 벼랑을 보면서
장식으로 걸어놓은
흉측한 길이라고 잠깐 생각했다.

좋은 표현인 것 같았다.

보디빌더

자신을 들여다보는 운동처럼 쓸쓸한 게 있을까.
자신을 사랑하는 만큼 거울을 닦고
자신을 더 사랑하기 위해
거울을 가꾸는 우울한 운동.

보디빌더, 위태로운 근육에 경계를 세우고
힘을 차곡차곡 쌓는다.

사내의 첫 퍼즐 조각은
사내의 출발은
균형을 감당하지 못하는 저 위태로운 가슴이다.
하체보다 상체를 사랑하는 사내의 편벽.
쏟아져내릴 것 같다. 사내의 생각들.

사내, 거울 앞에서 또다시 가장 자신 있는
포즈를 취하며 거울에 안긴다.

거울 밖으로 터져나갈 것 같은 사내의 표정에

나는 늘 놀라지만
거울을 사랑하는 운동처럼 격한 운동이 있을까.

균형을 상실해가는 사내의 체격과 힘을 생각하고
사내의 밤일을 생각하고
사내의 마지막 비애는 몇 그램일지 생각하다가도
아, 사내의 근육은 얼마나 눈부시고 튼튼한가.

거울 없이 한발자국도 자신에게 다가갈 수 없는
운동처럼 심란한 운동이 또 있을까.
보디빌더, 오늘의 마지막 포즈를 눈동자에 새기며
몸을 이리저리 돌려본다.

조상(祖上)

나는 이 세상에 태어나지 않았는데
어느날 턱에 흰 수염이 돋고
자식들이 아이들을 데리고 와서
울고 있다.

나는 어떠한 유언도 남기지 않았는데
자식들이 나의 유언대로
거울을 깨지 않고 거울 속에
나를 묻은 건
어려운 일이었다고 말했다.

나는 태어나지 않았는데
자식들에게 거짓말을 가르치고 말았다.

거울 속에 나를 묻은 자식들이
이른 저녁을 먹는다.

나는 얼굴이 없는데 말을 한다.

말을 하면 내 몸이 만져지고
아직 얼굴이 없는데
얼굴에 잡힌 주름이 만져진다.

나는 태어나지 않아서
아들이라는 자들이 데리고 온
며느리들이 탐나기 시작했다.

형은 어느날 누나가 되어 돌아왔다

형은 어느날 누나가 되어 돌아왔다.
형의 얼굴을 만져보고 싶다고 생각했지만
누나의 가슴이 먼저 내 가슴을 밀치며
들어왔다. 순식간에

형을 부르면 누나가 돌아본다.
형이 저렇게 야했었나?
다시 누나라고 고쳐 부르고 나는 웃는다.

형은 울지 않았다.
누나가 되어서도

형은 어느날 누나가 되어 돌아왔다.
저렇게 야한 형은 처음이다.
형과 누나를 동시에 떠올리면서 수음을 했다.
형에게 미안하지 않았다.

누나의 등을 보면 등줄기처럼 안고 싶다.

누나가 거울을 들여다볼 때마다
거울 속에서 형이 기어나올·것 같아서
자주 눈을 감는다.

눈을 감을 때마다 누나가 형을 벗으며 웃는다.

오리는 젖는다

천변을 따라 걸어도 사람이 보이지 않는다.
천변을 따라 걷다가 웅덩이처럼 쭈그리고 앉아
고가도로에서 떨어지는 햇빛을 주워 담는다.
서서히 사라지는 줄도 모르고

뻑뻑한 눈알을 닦는다. 눈꺼풀로 세번
눈을 감고 손등으로 벅벅 두번

오늘도 오리를 센다. 어제는
열마리부터 세었고
오늘은 백마리부터 센다.
천변을 따라 걸어도 사람이 보이지 않는다.

한마리부터 세지 않아도
오리와 숫자가 맞아떨어지지 않아도
오리는 개천에서 한가하게 오리한다.
유일하게 오리한다.

긍긍하냐?
뭐가 그렇게 긍긍하냐?

나는 오리를 센다. 어제는
눈을 비비며 열마리부터 세었고
오늘은 눈을 감고
백마리부터 세고 있다.

마루

장남의 방은 마루를 지나야 등장한다.
장남을 뺀 나머지 가족은 큰방에서 각자의
방을 꿈꾸거나
꿈을 방으로 바꾸기 위해 오래도록 잠을 잔다.

꿈을 방으로 바꾸기 위해
꿈속에서 문을 만들자마자 아침이 도착하지만

마당으로 열린 방문이 닫힐 때마다
달빛의 손등을 떠올리면서 웃지만
바람이 밀어버린 건 여닫이문이 아니라
오히려 집 전체다.

밥상에 마당 가장자리처럼 모여 앉아
기울어지는 집 전체를 걱정하는 말을 꺼내지 않기 위해
숟갈 가득 밥을 떠넣고
하고 싶은 말도 한꺼번에 삼키고 나면
배가 부르다.

모여 앉아 밥을 먹지 않으면
밥상은 한쪽으로 기울어 스르르 미끄러진다.
하루는 이쪽 하루는 저쪽
밥상이 기우는 방향과 이유를
가족 중 단 한명만 안다.

마루를 지나야 장남의 방에 도착할 수 있다.
밤이 되면 마루를 밟으며
장남의 방에 갈 수 없다.
마루 밑에는 밤마다 뛰어다니는 귀신이 산다.

밤에만 물어보고 싶은 말이 있다.

나는 모든 것에 서식한다

나는 일초와 이초 사이에 서식한다.
일초가 지나면 새해가 시작될 것이다.
나는 지난해가 되기도 하고
다음 해가 되기도 하겠지만
경계를 구걸할 만큼 가난하지는 않다.
나는 집히는 대로 서식한다.

비가 내리고 비가 그친 오후에 나는 서식한다.
월급이 입금된 통장에서
빌려 쓴 미래가 모두 빠져나간 날처럼
나는 너덜너덜하게 서식한다.

나는 너와 헤어질 생각에 서식한다.
지금 세 들어 사는 낡은 생각과
함께 세 들어 살고 싶은 낡은 생각 사이에
조건이 맞지 않는 통화 기록처럼 서식한다.

나는 너와 헤어질 시간에 서식한다.

위치 추적이 불가능한 지대를 지나
나의 움막에 도착하려면 너는
나와 헤어질 장소를 짊어지고 와야 한다.
그러나 그것은 불가능한 슬픔이다.

나는 어슬렁거리는 무릎에 서식한다.
한없이 세상 밖으로 녹아버리는 눈들과
내리는 눈 사이로 희미하게 저녁을 안치는
비탈진 골목처럼 서식한다.

나는 서식한다.
내가 나에게서 가장 멀리 떠나는 순간에
용도와 흥미가 폐기된 가구처럼
나는 모든 것에 서식한다.

개를 사랑함

개를 사랑하는 것은 얼마나 쉬운 일인가.
저 개, 보송보송한 눈을 보고 있으면
헐떡거리면서 밥을 먹고 싶은

산책을 하면서
몇방울의 오줌으로
주인의 산책로를 표시하는
때로 한덩어리의 똥을 누는

내 집사람도
내 딸아이도
내 친구들도 사랑하는
개를 사랑하는 자신도 사랑하게 만드는

개를 사랑하는 것은 얼마나 쉬운 일인가.
개를,
한없이 귀여운
시력이 눈가에 촉촉하게 젖어 있는

하지만 개를 사랑하지 않고
또 누구를 사랑하겠는가.

썩은 고기

썩은 고기를 물어다 암컷에게 바치는 짐승처럼
내 사랑의 수준은 딱 그만큼

먹다 남은 썩은 고기를 물어다
암컷에게 바치고 군침을
삼키며 썩은 고기를 다시 노리는 내 본능.
비루한 내 수준.
아슬아슬한 내 수준.

좀 남겨주지 않을까? 기대를 부풀리면서
구름이 뭉게뭉게 흘러가는 하늘을 올려다보면서도
끊지 못하는 썩은 고기에 대한 간절한 생각.
다 먹기야 하겠어?

쓸쓸하다. 이 정도면 암컷이 문제가 아니다.
외롭다. 이 정도면 암컷이
덜어줄 수 있는 문제가 더이상 아니다.

암컷이 내가 갖다 바친 썩은 고기에
길고 아름다운 주둥이를 가져다대는 순간
나는 거침없이 싸운다.

암컷을 잊고
썩은 고기를 잊고

눈 2

눈이 내려서 길이 뚜렷해진다.
매일 걷는 길이 순전히 눈이 내려서
뚜렷해진다.

눈이 눈밭을 밟으며 걸어다녀서
길이 선명하고
발자국이 발자국을 따라 걸어가서
길이 선명하다.

눈이 내려서
길의 깊이가 쌓이고
길의 질서가 드러나고
사용하지 않은 길이 오래도록 쌓인다.

흰 개는 눈밭을 뛰어다닌다.

눈밭에서 튀어나온 이빨이
눈밭에서 튀어나온 쓰지 않은 길이

개가 뛴다.

흰 개가 뛴다.

흰 눈이 마구 뛰기 시작한다.

장미의 설계도

장미 두그루를 뜰에 심기 위해 모인 사람들이
무려 여섯명이다. 그중 한명이 나이지만
빼도 관계는 없다.

뜰에서 파낸 노을이 지고 있다.

장미 두그루는 따로따로
한번 죽어서는 닿을 수 없는 거리를 만든다.
몇발자국을 보태야 서로 닿을 수 있는 장미 두그루는
새로운 마당에서 꽃을 피워야 하는
어려움에 처해 있지만
오늘 뜰을 바꾸지는 못한다.

장미는 꽃을 피운다.
가시도 정성스럽게 가꾼다.
아름다움과 슬픔을 동시에 가꿀 때
장미는 장미를 뛰어넘어서 핀다.

바람이 불어 꽃잎이 한장씩 떨어지면
제 가시를 지나치기도 할 것이다.
죽어서 자신이 어디에서 왔는지 모르고
죽어서 자신이 누구인지 모를 때
장미 두그루는 완벽해질 것이다.

잎이 피지 않은 장미 두그루는 오늘
장미와 장미 사이에
기다란 꽃을 피우고 말았다.
다가갈 수 없는 꽃을 한송이 설계하고 말았다.

나는 사내를 낳는다

일을 끝내고 바로 집으로 돌아와
방구석에 쭈그리고 앉아서 운다.
내가 가득 채워질 때까지

딱히 할 일이 없어서
딱히 만날 사람도 없어서

울어야 할 일도
울지 말아야 할 일도
확인이 되지 않는 사내가 될 때까지

울다 지치면 밥을 먹으러 간다.
슬리퍼를 끌고
발 냄새를 한마리 데리고
우는 사내는 그대로 빈방에 두고
밥을 사 먹으러 간다.

오늘도 눈물을 흘린 보람이 있었다.

떨리는 눈 밑 주름을 따라 만족이 밀려온다.

빈방에 또 한 사내를 낳았다.
어제처럼 또 밥을 굶길 것이다.

품위 없는 사랑

귀뚜라미가 몸을 비벼서 운다보다
품위가 떨어지는 예의를 지키고 있다가 좋다.

얼마 남지 않은 저 예의가
몇번 더 죽음에 닿고
새롭게 몇번 더 태어난다고 해도
달라질 것은 아무것도 없겠지만

사랑이 아니더라도
이별이 아니더라도

저 귀뚜라미가 털어낼 리 없는
본능과 내 생각에서 털어낼 길 없는
사랑이라는 말에서
먼지가 한줌씩 떨어져내릴지라도

물려받은 유산을 밤새 귀뚜라미가 비비고
나와 당신이 서로 매만진 살이

내 살도 당신의 살도 아니라는 것을 알지만

단 한번도 마음에 닿지 않았더라도
단 한번도 매만지는 습관을 문질러
단단한 전통을 뛰어넘지 못했더라도

품위 없이 매만진 살들이 기껏 흉터를 불러내고
빽빽한 나이를 차례로 불러오더라도

그게 사랑이 아니라 해도
그게 이별에서 삐져나온 슬픔이 아니라 해도

나와 당신이 문지른 살이 꼭
내 살이나 당신의 살이 아니라 해도

귀뚜라미가 운다보다
귀뚜라미가 얼마 남지 않은 올해의 예의를
마지막까지 지키고 있다가 좋다.

해석을 사랑함

당신의 생각을 더 강조하기 위해 셔터를 내린다.
토마토 축제가 끝나기 전에 정치의 일면과
넘겨보지 못한 관심이 동시에 넘어갈 테지만
토마토 축제는 자잘한 행복에서 단 한걸음도
뒤로 물러나지 않는다.

사내의 비틀거리는 걸음걸이가 식탁에 부딪치자
알약과 과거의 건강이 동시에 흩어진다. 하나를
세도 둘을 세도 같은 기억 같은 위로.

영화 포스터가 붙은 벽은 벽이 아닌 것 같다.
안도 밖도 아닌 것 같다. 교도소 담장 둘레에
심어놓은 꽃들은 탈출한 죄수가 갈 곳을
몰라 간수를 그리워하는 것 같다. 독방 한송이처럼.

월요일에 진심을 말하고 화요일에
진심을 뒤엎는 술을 마시고 사랑과 미움이
구별되지 않는 수요일에는 영화를 보거나

비 내리는 현관 앞에서 지키지 않아도 되는 약속을
폐기한다. 힘없는 사람 순으로.

불빛은 가로등에서 가로등이 비춘 구석에서 나온다.
그러나 모든 구석에는 위로가 있다. 눈물과 기억을
사용할 줄 아는 자들이 가장 무섭다.

생각이 불가능한 지대에 내가 살고 있다고 생각하는 그는
나에게 말한다. 많이 지친 것 같군.
몇가지 추억이 필요하다면 대출이 가능하다네. 담보가
없다면 비밀이 있었던 것처럼 행동하게. 남들처럼.

고개를 끄덕이지 않았지만 죄수는
반복해서 잘못한 것이 없다고 말했다. 비는 것인지
무죄를 주장하는 것인지 구별되지 않았다.

특별한 방이 필요하지 않다. 상처 위에 성을 지을 수도
없고

큰 상처 위에 작은 상처들을 장식할 수도 없다.
익숙한 것과 사랑하는 것이 다르지 않지만
밖에는 비가 내리고 계획과 질서는 젖지 않는다.

설교는 한시간이어도 일분이어도 길다.
거짓말을 수집하는 이유는 따로 없다. 좀더 시적으로
대답해야 한다면 많은 거짓말이 무늬를 이룰 것이다.
사랑한다, 오해였다, 머뭇거렸다, 너무 늦었다.
해석을 사랑하는 거 이외에 할 수 있는 것이 없다.

제3부

나를 초대하는 밤

멀리에서 갓난아이 울음소리가 들린다. 아내가 떠올랐다. 갓 태어난 딸아이가 한쪽 눈을 먼저 뜬 수술실에서 딸아이와 함께 태어난 어둠을 안고 눈물을 흘리던 아내가 떠올랐다. 부끄럽지 않았다. 나는 나의 비유를 사랑한다. 내가 나를 초대하는 밤이다. 어둠속에 숨죽인 짐승을 겁내지 않고 내가 나를 마중할 준비를 마친 밤이다.

식탁에는 이러한 것들을 놓아둘 것이다. 아내와 함께 걸었던 밤베크 병원에 내리는 비와 너도밤나무숲과 빗물이 흘러내리는 공중전화와 흐느끼는 걸음걸이와 깊게 들이마신 밤공기와 새로운 발음을. 찬 바람과 시시한 한숨과 으깨진 밤을 한번 더 밟고 지나가는 퇴근 시간과 으깨진 밤에서 느리게 흘러나오는 달빛 터지는 소리를.

내가 나에게로 돌아갈 시간을 세우지 않기 위해 시계와 벽을 떼어 벽난로에 넣을 것이다. 비유가 떨어질 때까지만. 내가 거울에 비치지 않을 때까지만. 나에게 말을 걸지 않을 것이다. 이 한가지 준비가 모든 준비의 마지막이다.

나의 말에 귀 기울이지 않기 위해 귀를 떼어 만지작거릴
것이다. 돌아가주었으면 하는 마음을 내려놓기 위해 천천
히 식은 음식을 데울 것이다. 내가 돌아갈 길을 묻지 않고,
미처 준비하지 않은 대답을 꺼내지 않기 위해 창문을 열고
차를 새로 끓일 것이다. 나를 초대한 날짜를 허물기 위해
달력과 계절을 떼어 벽난로에 넣을 것이다. 조심스러움도
함께. 나를 만난 장소를 지우기 위해 남은 벽과 지붕과 이
웃을 뜯어낼 것이다.

숲이 서서히 등장하고, 잊었던 기억과 잘못된 기억이 눈
이 되어 내릴 것이다. 아무것도 기억할 수 없어서 아무것도
떠올릴 수 없어서 서러울 것이다. 눈이 내리고, 눈이 쌓이지
않을 것이다. 눈이 쌓이고, 숲이 보이지 않을 것이다. 있었
던 나도 없었던 나도 사라지는 밤이지만 괜찮다. 초대는 남
는다.

다음 생에 할 일들

아내가 운다.
나는 아내보다 더 처량해져서 우는 아내를 본다.
다음 생엔 돈 많이 벌어올게.
아내가 빠르게 눈물을 닦는다.
나는 미안하다고 말하지 않는다.
다음 생에는 집을 한채 살 수 있을 거야.
아내는 내 얼굴을 빤히 들여다본다.
다음 생에는 힘이 부칠 때
아프리카에 들러 모래를 한줌 만져보자.
아내는 피식 웃는다.
이번 생에 니가 죽을 수 있을 것 같아.

나는 재빨리 아이가 되어 말한다. 배고파.
아내는 밥을 차리고
아이는 내가 되어 대신 반찬 투정을 한다.
순간 나는 아내가 되어
아이를 혼내려 하는데 변신이 잘 안된다.
아이가 벌써 아내가 되어 나를 혼낸다.

억울할 건 하나도 없다.
조금 늦었을 뿐이다.

그래도 나는 아내에게 말한다.
다음 생엔 이번 생을 까맣게 잊게 해줄게.
아내는 눈물을 문지른 손등같이 웃으며 말한다.
오늘 급식은 여기까지

일 미터

삼나무 뒤에는 일 미터가 있다.
그의 관심이 디디지 않은
허름한 그림자가 한그루 있다.

없는 것과 마찬가지인 작은 그림자 나무 위에는
노랗게 물들어가는 정서를
몇장씩 쓰고 몇장씩 구기는
은행나무가 머문다.

바람이 멈추었을 때 뒤늦게
나뭇잎이 흔들렸다고 해서
은행나무가 내려놓고 있는 정서가
낡은 빈집의 나이를 불어올 수는 없고,
삼나무 뒤의 일 미터를 끌고 올 수도 없다.

삼나무 뒤에는 그가 도착하지 못한
일 미터가 있다. 도굴되지 않는
일 미터의 깊이와 두 팔로 안을 수 없는

아슬아슬한 나이와
으깨진 빈집이 있다.

밀렵

1

철문을 밀고 들어갔을 때 마당과 잡초 위로 어둠이
우거지고 있었다. 개는 사슬에 묶여 있었지만
개가 짖는 소리는 풀려 있었다. 개가
짖는 소리는 마당을 건너고 벌판을 건넜지만
끝내 언덕을 넘지 못하고 헐떡거렸다.

수도꼭지에서 떨어지는 물방울은 둥글었지만
녹이 슬어 있었다.
물방울 속에 사슬이 들어 있는 것이 분명했다.

2

밀렵꾼들은 종종 사격 연습을 한다. 총구
너머에는 죽음이 없다. 죽음은 동시에 조준하며 다가온다.
하나는 서서히 하나는 급작스럽게
하나는 피를 흘리며
하나는 피를 말리며

죽음은 넘어온다.
먼 산으로부터 어둠이 어둠을 타넘으며 캄캄해지듯이

개가 또 짖는다. 반경 일 킬로미터의 개가
사슬에 단단히 묶여 있다.

　3
강가 부들 위에는 허물을 벗고 나와
날개 말리는 순서를 차례대로 끄집어내는
잠자리가 앉아 있다. 잠자리는 난다.
그물을 치면서 아주 작은 그물을 하늘에 치면서
저녁 하늘에 남은 물고기를 잡기 위해
잠자리는 난다.

이 가을에 잡을 물고기의 길이는 얼마나 붉을까.

　4
해머 소리가 강을 건너 울린다. 철로를 수리하는

수리공들의 땀방울이
있는 힘을 다해 철로와 늙은 나이에 묶여 있다.

아프리카

아프리카 소년 소녀로 채워진 액자에서
모래먼지가 액자 밖으로 넘치고 있다.

매달 몇푼 되지 않는 후원금을 보내고
크리스마스가 다가오면 선물금을 부치지만
내가 남들처럼 착해서도 아니고
내 선량한 마음이 나를 넘쳐
먼 대륙에 말씀처럼 닻을 내린 것도 아니다.

염소 한마리와 주식으로 먹는 옥수수 두포대
새로 산 살림살이가 몽땅 한장에 들어 있는 사진을 받아
보고
선물금 사용 내역이 적힌 편지를 읽다 흘린 눈물 또한
건들면 모래바람으로 쏟아질 소년 소녀의
거친 미래를 걱정해서도 아니고
좀더 아껴 살면서 나를 더 깊이 사랑하기 위해서도 아니
었다.

앨범에는 열살짜리 내가 가죽이 벗겨진 빈집처럼
털갈이하는 개를 타고 정오의 태양이 뜯어 먹는
엄마의 그림자를 향해 윙크하고 있다.
뒤쪽 풍경엔 벼랑 끝에 발가락이 툭툭 끊어진 나무뿌리들,
닭똥들이 갓 뒤집어진 채 햇빛처럼 펼쳐진 마당,
개집 앞에서 살과 뼈가 잘근잘근 씹힌 병든 닭 반마리,
파리떼는 내 몸의 일부처럼 공생하고 있다.

미국에서 날아온 늙은 후원자 부부가 찍어서
선물금과 함께 크리스마스 선물로 보내주었던 저 사진

내가 나에게 선물이 될 수 있다는 거 그때 알았다.

내 이름은 요세페 치리자니
또다시 앨런 안젤리나

내가 누군지 모르게 시들어버린 가을은 지나갔지만
나는 나에게 머무를 수 없어 자꾸 슬프다.

모래가 모래를 위로하면서
밀려가는 아프리카

성에나무

유리창 속에는 발자국을 남길 수 없는
눈 내리는 저녁 숲이 있다.

성에꽃이 피기 전까지
유리창은 창밖의 황매화를 보여주고
송충이가 뜯어 먹다 남긴
황매화 이파리의 황폐한 지도를 보여준다.

창 너머 작은 앞산에는 떡갈나무숲 사이로
오래된 무덤이 두구 솟아 있고
군인들이 파놓은 참호는
무덤을 뒤집어놓은 모양이다.

눈이 내린다. 나무가 실뿌리를 가늘게 내리듯이
더 낮은 곳으로 내려가려는 듯이 눈은 내린다.
눈은 어떤 나무의 뿌리일까?

성에꽃이 유리창에 끼기 시작하자 앞산도

앞산의 무덤도 깊이를 알 수 없는 참호도
떠올릴 수 없다.

기온이 올라가는 날이면 성에 꽃잎이 툭툭
벽지를 타고 떨어져내린다.
벽지는 얼룩이 깊다.
여러구의 곰팡이 냄새가 차례로 떠오르지만
기온이 떨어지면 성에 꽃잎은 제자리로 돌아간다.

벽지에 굵은 나무줄기의 일부가 보일 뿐
유리창은 성에꽃으로 가득하고
성에꽃이 피지 않는 계절에는 창밖이 모두 성에꽃이다.

유리창 속에는 성에꽃에 가려진 저녁 숲이
끝없이 쌓인다.

삼류인생

나는 시집을 살 때
시인이 어느 대학을 나왔는지 본다.
그것만 열심히 읽어서 그런지
시인 이름만 대면 그가 쓴 시는 몰라도
그가 나온 대학은
나와 함께 글 쓰는 친구처럼 잘 안다.

술을 마실 때만
왜 없는 놈들은 글쓰기도 힘드냐고
눈과 목에 힘을 줘보기도 하고
이제부터 삼류대학 나와서
시 쓰는 놈들의 시집만을
사보자고 비틀거리는 결심도 해보지만

며칠 후 서점에 들러
나와 나의 친구는 사이좋게
삼류대학 나온 놈들의 시집을
한권도 사지 않는다.

그리고 얼마 동안
삼류라는 말과 시인의 약력에 대해
함구한다.

어느 오후에는 술집에서 다시 만나
그런 속된 얘기는 하지 말자고
정신까지 비틀거리며 결심한다.

창고

집집마다 어둠이 쌓여 있는 창고는
집으로 들어가는 길목에 한채씩 놓여 있었다.
창고에는 여름 내내 마당에 얇게 펴 바른 후
몇번씩 햇볕으로 뒤집어 말린 닭똥이
닭똥이 풍겨내는 역한 냄새에
한포대씩 담겨 있었다.

비가 내리기 시작할 것 같으면
마을의 누구 할 것 없이
마당의 마른 닭똥을 창고에 쌓기 위해 분주하고
스피커에 매달린 조합장의 목소리가
꽃 심기 작업을 알리면
마을 사람들은 투덜거리는 목장갑을 끼고
맨드라미나 깨꽃, 분꽃, 코스모스를 심기 위해
마을을 가로지르는 도로 옆으로 나갔다.

어둡기 시작해서야 끝나는 꽃모종.
심다 남은 모종을 들고 집으로 돌아올 때

사람들은 창고에 쌓인 마른 닭똥 속으로
모종을 던져버리고
가끔 잘못 던진 모종이
뿌리를 내려 꽃을 피울 때에도 꽃향기를
코끝에 쌓아두는 법이 없었다.
마을 사람들의 창고엔 어둠이 한포대씩
차곡차곡 마른 닭똥과 함께 쌓여 있을 뿐이었다.

마른 닭똥을 겨울 내내 마대에 담아 몇백포씩
거름으로 팔고 나서도 어둠은 한포대도 팔지 못했다.
이제 겨울이다.
추위가 몇백포씩 어둠과 함께 창고에 쌓이고 있다.

어둠은 햇볕에 말릴 수 없다.

꽃

밤새 폐지를 주워온 아버지 주무신다.
하루에 세차례 시장 가는 아버지
아침 먹고 첫번째 잠을 주무신다.

어머니 나가신다. 흩어진 폐지를 묶고
폐지보다 더 낡은 트럭 위에
어머니 물을 뿌리신다.

우리 집 폐지들은
나무보다 물을 더 먹는다.
좋게 생각하면 종이도 나무다.
죽은 나무

나도 가끔 나간다. 시 쓰다 말고
죽은 나무에 물 주는
쓸쓸한 기분으로
폐지에 물을 준다.
가끔 모래도 없어준다.

아버지 두번째 잠을 주무신다.
택시 하는 형이 점심 먹으러 왔다.
폐지에 물 또 준다.

고물상 가기 전
우리 집 폐지들은 무럭무럭 자라나
일 톤짜리 화려한 꽃을 피운다.

밤이 떨어질 때

지금은
물큰한 노을이
마지막 남은 하늘 한겹을 넘는
밤이 떨어질 때

새 날아간 거친 하늘 위로
늦가을 꽃이 피고
열매 맺을 시간이
다음 생일 때

밤이 떨어질 때

생의 맨 가장자리까지 손가락을 펼친 호박잎 위에
누구도 손대지 않는
개복숭아 빈집 지붕 위에
밤이 떨어질 때

위로해도

위로해도
위로가 닿지 않는
너무나 짧은 생애 위로

밤이 떨어질 때
가시가 침묵할 때

모래로 빚은 봄

오래된 건물 벽처럼 해 지는 저녁이었다.
버려진 개들이 돌아와
이집 저집을 돌고
무리에 섞이지 못한 개들은 반쯤 허물어진
벽면처럼 누워 있었다.

주저앉은 축사 옆 모래더미에 앉아
나는 신발을 벗고
구멍이 날 때마다 한겹씩 덧신었던
양말을 내려다보았다.

흙벽엔 주인의 얼굴을 닮은 구멍들이
낙과처럼 버려져 있고
맨발로 걸어가 그 구멍에 얼굴을 대고 있으면
나는 살아남은 집 같았다.

한겨울 얼음 똥에 달라붙었던 혀끝을 찾아
개들이 집터를 돌아다니며 울 때

구멍 난 양말 속에서 죽은 새끼 쥐 냄새가
독하게 풍기고
벽돌을 집어 새카만 발등을
내려찍기 시작하면
나는 새로 지은 봄이 되었다.

굿바이 코리아

침대 매트리스는 사내의 혀처럼 놓여 있네.
밤에 주워온
이제 용도까지 버려진 거실장에 앉아
사내는 담배를 피우고 서랍을 열어
꽁초를 비벼 끄네.

사내의 목과 얼굴엔 주름 열매가 가득하네.
따서 먹으면 늙어서 죽겠네.

잔업을 쑤셔넣은 포장지 같은 팔뚝 불룩하네.
새로운 길을 걸어보지 못한 종아리엔
사람들의 복잡한 가슴이 뭉쳐 있네.
매일 걷는 길들이 퉁퉁 불어 있네.

벽을 타고 흘러내린 빗줄기들은
벽지에 나무뿌리로 말라붙어 있네.

등을 기대고 앉은 벽지엔

사내들의 등이 누렇게 찍혀 있네.
하나 둘 셋 넷 가을처럼 따로따로네.

사내는 벽지에 찍혀 있는 누런 등들을 바라보네.
누런 사내들은 컨테이너 벽에 끼인 채
등에 힘을 주고 밖을 내다보네.
십오년째 뒤돌아보지 못하네.

사내는 자신의 누런 등을 바라보다
메모를 남기네.
Goodbye Korea, October 23, 2010

삼나무숲

삼나무숲에 눈이 내린다. 동굴 천장에 맺힌
물방울에 어둠이 스며들듯이, 바람이 불어와서
물방울이 동굴 바닥에 떨어질 때
물방울에 스며든 어둠과 바람이 산산조각 나듯이,
물방울에 맺히지 않았던
달빛이 삭아가듯이, 고집을 피우며
달빛이 삭는다고 거짓말을 하듯이,
축사를 빠져나와 나도 한마리
짐승에 불과하다는 것을 인정하고
가축을 볼 때마다 쓸쓸한 건초가 되듯이,
건초 위에 떨어진 물방울이
동그랗게 얼어붙듯이, 얼어붙은 물방울을 보며
너는 열매야, 말을 해놓고도
뒤통수를 긁듯이, 슬픔이 서러움이 되기 전에
등을 돌리고 삶은 감자를 까듯이,
밤하늘의 별빛들이 내가 씹은 감자의 맛이라고
확신을 하듯이, 그 확신을 잊기 위해서
거짓말에 다시 의지하듯이,

그렇게 그렇게만

양계장

집으로 돌아갈 때 저는 골목을 이리저리 물고 다니는 개같이 쓰레기를 쌓아놓은 전봇대 옆이나 물결을 이어붙이며 흘러가는 하천을 서성댑니다. 제가 가질 수 있는 것이 더 이상 흥미를 끌지 못하고 버려진 장난감이라고 해도 실망하지 않습니다. 다행히 저는 실망하는 법을 배우지 못했습니다.

양계장 아래 천천히 쌓이기 시작하는 오늘의 먼지 위로 아카시아 그늘이 내려앉고 있습니다. 햇빛을 통과시키는 먼지의 잔잔한 미소같이 앉아서 저는 장난감을 처음 만난 아이의 지칠 줄 모르는 호기심을 하나하나 뜯어냅니다. 양계장 그늘이 어둠속으로 서서히 빨려들어가는 저물녘까지 저는 찌그러진 바퀴를 펜치로 펴야 합니다. 이건 장난감을 만나기 위한 헛된 소망이 아닙니다. 이건 새로운 예의를 만나는 시간입니다.

오늘은 하루 일을 다 끝마치지 못했습니다. 빛과 어둠을 저울질하던 노을같이 저는 계란을 달아야 합니다. 해가 지면 어둠이 골목에 버려진 깨진 거울에 달라붙습니다. 반사되는 것도 어둠이고 깨진 틈새로 알을 까는 것도 어둠입니다.

군부대 쓰레기장에서 주워온 스케이트에서 뜯어낸 가죽을 질겅질겅 씹으며 소란, 중란, 대란, 특란을 분별합니다. 한때 둥근 달을 저울에 올려놓은 적이 있습니다. 그때 참으로 불행했습니다. 제가 다시 노리는 건 철조망 너머 군인들의 쓰레기장입니다. 어제는 바닥이 누렇게 눌어붙은 콜드크림을 주웠습니다. 개새끼들! 명령하지 않으면 나이를 먹지 못하는 군인들이 욕을 하며 돌을 던지고 쉽게 웃습니다.

오늘의 일은 이제 막 끝날 것 같습니다. 내일은 어디에서 저를 주워야 할지 고민해야 합니다. 이제 제법 어둠이라고 발음해도 될 것 같은 밤입니다.

오동나무 아래서

오동나무 아래서 비를 피하고 있으면
누에들이 뽕잎 갉아 먹는 소리가 들려.

엄마는 아궁이에 반쯤 남은 생을 지펴
밥을 짓고 있어.
뽕잎 같은 방을 기어다니던 동생이
어제 누에를 집어 먹었어.
동생은 얼마 지나지 않아 고치를 짓기 시작할 거야.

부뚜막 옆에는 석유풍로가 있어.
그 뒤 흙벽엔 그을음 나무가
한그루 검게 자라고 있지.

하루하루 굵어지는 그 나무
이제는 베어버려야 할 것 같아.
천장까지 닿아 비가 새거든.

하지만 굵은 나무가 쓰러지면서

집을 덮칠까봐 못 베고 있지.

오동나무 아래서 비를 피하고 있으면
오동잎들이 빗물 뜯어 먹는 소리가 들려.
늦가을 집을 짓지 못한 누에처럼
오동잎들이 마르고 있어.

돌들의 엉덩이

지나친 여름이었지만 낙동강은 강변을 벗어놓으며 흘러가고, 돌들은 물 밖으로 빠져나와 엉덩이로 하늘을 비스듬히 받쳐 들고 데굴데굴 웃는다. 흑염소들이 겁 없이 강물에 들어가 있을 때에도 산과 구름을 묶을 만큼의 강줄기는 흑염소가 움직이지 않을 때마다 몸을 묶고 놔주지 않는다. 낮은 물속의 형상을 그림자로 보는 흑염소는 강물의 허리를 간질여 물 밖으로 쉽게 빠져나온다.

강을 따라 걸어가면서 걸음마다 돌들은 차여도 엉덩이 속의 고개는 들지 않았다. 이마엔 몇 빛들이 땀을 씻어내리고, 돌들의 엉덩이를 밟을 때 발바닥이 자꾸 웃는다. 고개를 숙여가는 담장 밖으로 큼지막한 돌들이 고개를 들 것도 같은 흐린 하늘 아래서 바라보는 강. 늙은 강물이 절벽을 손으로 짚으며 흘러갈 때 굽이도는 강 안쪽 넓어지는 강변으로 갈대들이 바람을 털며 걸어다니고, 돌들은 고개를 엉덩이 속에 숨기고 강이 흘러가는 곳을 돌 돌 돌 따라가며 제 이름을 엉덩이로 굴린다.

이번 생을 엿듣다

양경언

1

안주철의 첫 시집을 읽고 나면 어깨를 움츠린 이의 기색이 시에서 느껴진다는 생각을 떨쳐내기가 쉽지 않을 것 같다. 그도 그럴 것이, 시인의 음성이 울려퍼지는 근원지가 대부분 자기 자신의 축소나 잠적을 예감하는 자리인 까닭이다. 시인은 때때로 주눅이 들어 있거나 자주 웅얼거리는 목소리를 독자의 귀에 흘려넣는다. 그래서인가. 시에서 말하는 '내'가 "희미하게/희박하게 숨을 쉬"고 있음이 느껴질 때마다 독자는 그 목소리에 더 가까이 가지 않으면 안된다는 절박한 심정을 갖게 된다. 시에 바짝 귀를 갖다댔을 때에야 가까스로 "생활 속에 한방울 맺혀 있"는 "명료한"(「희미하게 남아 있다」) '나'를 감지할 수 있어서다. 집중하지 않으면 놓쳐버릴 말들이 거기에는 있다.

　시에 등장하는 대부분의 '나'는 풍경에 흡착되어가면서 점차 사라지는 일에 익숙하다. 가령 눈 내리는 풍경의 고요함 속에서도 시인은 자신을 구체화할 수 있는 상태인 "침묵"을 발견하고, '녹는 눈'과 '나의 살'을 일치시켜 기어이 "나는 사라질 것"(「눈 4」)이라 전한다. '나'는 장면이 성립할 수 있게 하는 조건으로 있을지언정 결코 장면의 일부분이 될 수 없는 존재인 셈이다. 세계를 자아화하여 그 충만한 합일을 그리는 일이 서정의 몫이라면, 아무래도 이 시인에겐 그와 같은 서정의 문법을 관장해보겠노라는 욕심이 없는 것 같다. 안주철 시의 풍경에는 충만함보다는 먼저, '사라지는 무언가'로 인해 남겨지는 황폐함이 자리해 있다.

　오래된 건물 벽처럼 해 지는 저녁이었다.
　버려진 개들이 돌아와
　이집 저집을 돌고
　무리에 섞이지 못한 개들은 반쯤 허물어진
　벽면처럼 누워 있었다.

　주저앉은 축사 옆 모래더미에 앉아
　나는 신발을 벗고
　구멍이 날 때마다 한겹씩 덧신었던

106

양말을 내려다보았다.

흙벽엔 주인의 얼굴을 닮은 구멍들이
낙과처럼 버려져 있고
맨발로 걸어가 그 구멍에 얼굴을 대고 있으면
나는 살아남은 집 같았다.

한겨울 얼음 똥에 달라붙었던 혀끝을 찾아
개들이 집터를 돌아다니며 울 때

구멍 난 양말 속에서 죽은 새끼 쥐 냄새가
독하게 풍기고
벽돌을 집어 새카만 발등을
내려찍기 시작하면
나는 새로 지은 봄이 되었다.

—「모래로 빚은 봄」 전문

　위의 시에서 쓸쓸함은 주로 오래된 사물들이 저마다 버
텨온 시간의 깊이만큼 상실한 일부분을 시인의 시선이 포
착하는 때로부터 온다. 이를테면 인적이 꽤 오랫동안 드물
었을 곳에 놓인 "반쯤 허물어진/벽면"이나 "주저앉은 축
사"가 엮어내는 풍경 사이에 자리한 시인이 "버려진 개들"

이나 "구멍 난 양말"을 쳐다보고 있을 때 시인 역시 어떻게든 "살아남은 집"과 같은 고독한 처지가 되어 한폭의 황폐한 장면을 만드는 데 일조하는 것이다. "집터를 돌아다니며" 우는 개들이나 양말에서 나는 "죽은 새끼 쥐 냄새" 등으로 감지되는 지금의 모습은 한때 이곳에 머물렀던 삶의 흔적을 추적하게끔 하여 과거의 풍경이 마냥 편안한 사연만으로 채워진 것은 아님을 짐작게 한다. 지나온 시간뿐인가. 생명력을 찾을 길 없는 '겨울'이라는 계절적 배경과 척박한 '모래'의 이미지가 지배적인 탓에 이곳의 고달픔은 새 계절이 와도 쉽게 해소되지 않을 듯하다. 오히려 벗어나기 쉽지 않은 굴레처럼 내내 순환할 것만 같다는 예감이 든다.

이처럼 황폐한 터를 벗어날 길 없을 때, 삶은 어떻게 지속되는가. 화자의 상태에 좀더 주목해보기로 하자. 풍경의 한복판에 있다는 이유로 화자인 '나'는 '건물'이나 '축사'를 따라 조만간 허름해지리라 예상된다. 그러다가 문득 '나' 역시도, 지금은 보이지 않는 이곳의 과거와 마찬가지로 사라질 것만 같다. '내' 상태가 마치 지금 걸터앉아 있는 "모래더미"마냥 점점 바스러지고 흩어질지도 모르는 상황 속에서, '나'는 "새카만 발등을" 내려찍으며 '사라지는 나' 자신의 감각을 깨우려 한다. 아마도 매해 다시 찾아오는 "봄"처럼, 삶을 새로 짓고자 하는 바람이 계속해서 이어질 수 있었으면 하는 마음에서 비롯된 행동일 테다.

누군가로부터 내쳐진 삶이라 해서 '나' 또한 똑같은 방식으로 대할 순 없는 법이다. 삶에 등 돌리는 대신 시인은 삶에 대한 열망 자체를 쉽사리 포기하지 않는 길을 택한다. 폐허와 같은 현재를 전하기 위해서라도, 풍경에 포개어지면 '사라지는' 모습으로 돋을새김된 '나'는 주어진 삶을 초과하는 열망의 흔적을 시적 현장에 남겨둔다. "방구석에 쭈그리고 앉아서" 울던 '나'를 지우고 "빈방"에 "확인이 되지 않는 사내"를 '낳아' 그 사내가 '나'를 대신하여 밥을 굶고, 눈물을 흘리게 하면서 새삼 지독한 생활의 연속을 발견하는 시(「나는 사내를 낳는다」)에서나, 어딘가에 내쳐진 방식으로 "모든 것에 서식"하며 살아갈 수밖에 없는 '나'의 상황이 "용도와 흥미가 폐기된 가구"처럼 제시되는 시(「나는 모든 것에 서식한다」)에서도 마찬가지다. 심지어 지금의 생이 꿈을 하나씩 지우라고 강요할 정도로 척박한 상태임을 보여주는 시(「꿈을 지우다」)에서 "아내의 등골을 매일 한숟갈씩 떠먹"는 시인의 생활은 급기야 "아내의 꿈도 슬쩍" 지우려 든다. 하지만 시인은 미래가 없어진다 할지라도 계속될 수밖에 없는 현재에 수혈이라도 하듯 "투명한 몸을 한방울씩 적시며 피가 흘러내"리는 상황을 표현하면서 삶을 일구는 감각만큼은 여전히 열렬함을 내비친다. 벗어날 수 없을지언정 계속될 수밖에 없는 삶을 감당하기 위한 시인의 안간힘은 오히려 '희박해지는 나'를 통해 역설적으로 드러난다.

폐허를 밑자리 삼아 움직이는 세계의 진실을 체득해버린 시인은 자신의 자리를 내치거나 은폐하려 하지 않고, 현재의 정서 자체를 전달하기 위해 애쓴다. 말하자면 이것은 남루한 생으로 말미암아 점점 위축되는 '내' 자리에 또다른 화자(삼인칭)를 들여오지 않고 '나'라는 일인칭이 사라지는 상황 자체를 둠으로써 독자로 하여금 '희박해지는 나'의 목소리를 엿듣게 하는 방식이다.

'사라지기를' 종용받는 주변부의 삶은 그 곁을 버티고 있을 때에야 포착이 가능하다. 그래서인지 안주철 시에서 시선의 주인은 언제나 소외된 장소에 거주하는 이들이다. 시인은 그이들과 자신을 곧잘 일치시키거나, 때로는 그이들의 자리를 지키는 파수꾼의 몫을 감당한다.

2

시인이 '사라지는' 방식을 통해서만 자기 자신을 드러내는 일은 초라한 현실을 몰아내기 위해서가 아니라 차라리 그 현실을 이끌고 가서 자신의 내면화에 참여시키기 위해서 행해진다. 그때 시에서 그려지는 '내면'은 소위 '남루한' 현실을 반영하므로 충만함보다는 척박함으로 채워지는데, 이 척박한 현장은 씌어지면 씌어질수록 쓰는 이가 삶에 등돌리지 않아도 지금을 견딜 수 있도록 어느정도의 거리를 확보해주는 곳으로 변모해간다. 요컨대 안주철의 시에서

'말하는 나'는 점점 사라지면서도 나를 사라지게 하는 그 장면을 냉철히 '바라보는 나'로 자리한다는 말이다.

그렇다면 우리는 마냥 주눅이 든 시인의 모습을 연상할 게 아니라, 지금 이 순간의 통증이 어린 삶을 피하지 않고 오히려 떳떳하게 삶에 예의를 갖추는 시인의 모습을 떠올려야 맞겠다. 현실에서 '희박해지고' '사라지고' '버려지는' 존재를 표현하는 말을 통해 우리는 삶을 희박하게 만들고, 사라지게 하며, 버려지게끔 두는 상황이란 어떤 때에 해당하는지를 본다.

아내가 운다.
나는 아내보다 더 처량해져서 우는 아내를 본다.
다음 생엔 돈 많이 벌어올게.
아내가 빠르게 눈물을 닦는다.
나는 미안하다고 말하지 않는다.
다음 생에는 집을 한채 살 수 있을 거야.
아내는 내 얼굴을 빤히 들여다본다.
다음 생에는 힘이 부칠 때
아프리카에 들러 모래를 한줌 만져보자.
아내는 피식 웃는다.
이번 생에 니가 죽을 수 있을 것 같아.

—「다음 생에 할 일들」 부분

울고 있는 아내를 앞에 두고 처량해지는 마음을 어쩔 줄
몰라 하던 화자가 위로의 마음을 담아 "다음 생에 할 일들"
을 나열한다. 그러나 생각해보면 돈을 많이 벌어오고, 집을
한채 사고, 아프리카에 들러 모래를 만져보는 일은 "이번
생"에서는 결코 이룰 수 없는 일이다. 설혹 이룬다 하더라
도 "다음 생"에나 이뤄질 수 있다 하니, 실은 화자가 한 약
속 중에 지금 현실에서 위력을 발휘할 법한 말은 아무것도
없다. 아무런 힘도 없는 말을 의지에 차서 할 때, 그것은 듣
는 이에게 제일 먼저 허망함을 안긴다. 그렇지만 지금의 삶
에서 삭제할 수밖에 없는 일들을 반복해서 말하자 이내 "아
내는 피식 웃는다." 아내의 입장에서는 지금으로부터 너무
나 멀리 있는 "다음 생에 할 일들"을 듣다보면, "다음 생에
할 일들"을 당장 이룰 수 없는 "이번 생"의 상황을 차분히
파악하게 되고, 이때 삶은 하나의 미학화된 장면으로 보관
되기를 포기하는 대신 이 삶을 함께 짊어지고 가야 할 이들
이 공유할 세속으로 목도되기 때문이다. "피식 웃는" 아내
의 모습은 자신의 처지를 대상화해서 바라볼 줄 아는 이가
진담 같은 농담을 받아들일 때 보이는 태도와 같다. 어쨌거
나 시인은 "이번 생"에 충실하기 위해서 "다음 생에 할 일
들"을 말하는 일에 힘을 할애했던 것이다.

"이번 생"이 사라지고 시작되는 "다음 생"을 언급한 뒤에

야 이윽고 "이번 생"을 정면으로 마주하게 된 시인의 사유
로 추측건대, 시인은 계속해서 "이번 생"을 살아갈 의지를
다지기 위해서라면 삶과 어느정도 거리를 유지할 필요가
있다고 여기는 듯하다. 자기연민에 빠지지 않은 채 삶의 입
체성을 받아들이기 위해서다.

 가게 문을 열고 닫을 때마다
 진열대와 엄마의 경제가 흔들릴 때
 가게 평상에서 사내들이 술 마시며 떠들 때
 그러다 목소리가 소주 두병일 때
 물건을 찾다 엉덩이와 입을 삐죽거리며 나가는 아가
씨가
 술 취한 사내들을 보고 공짜로 겁먹을 때
 이놈의 가게 팔아버리라고 내가 소릴 지를 때
 아무 말 없이 엄마가
 내 뒤통수를 후려칠 때

 이런 때
 나와 엄마는 꼭 밥 먹고 있었다
                    ─「밥 먹는 풍경」 부분(밑줄은 인용자)

 동네 사람들이 들락거리면서 생필품을 사기도 하고, 술

113

판을 벌이기도 하는 구멍가게가 배경인 시다. 사람들은 이곳에서 자잘한 피로감이나 문득 치미는 서러움 같은 생활 속의 여러 감정을 거리낌 없이 내보인다. 이는 우리 주변에서 흔히 볼 수 있는 풍경이자 '이 모든 게 살자고 하는 짓인가' 싶은 처절함이 밴 삶의 현장이기도 하다. 화자 역시 마찬가지의 심정이었을 것이다. 지긋지긋한 생활에서 벗어나고 싶은 마음이 화자에게 막 깃들 무렵, 현재 삶에 대한 불만은 괜한 불똥으로 바뀐다. 가게를 떠날 줄 모르는 "엄마"를 향해 "이놈의 가게 팔아버리라고" 빽 소리를 지르게 된다.

바로 그때 분위기의 전환이 일어난다. 소리를 지르는 "내 뒤통수"를 "엄마"가 "아무 말 없이" 후려친 것이다. 밥을 먹는 중이라 했으니 아마 들고 있던 숟가락으로 한대 쥐어박았을 텐데, "아무 말 없이 엄마가/내 뒤통수를 후려칠 때"라는 구절은 어찌 된 셈인지 통쾌하다는 느낌까지 안긴다. 이 구절로 인해 삶의 질척한 비애감으로 추락하던 시의 현장은 희극적으로 끌어올려진다. 뒤이어 전면화되는 '나와 엄마가 밥을 먹는 풍경'은 한대 얻어맞은 화자가 반항할 틈도 없이 같은 자리에 묵묵히 앉아 밥숟가락을 놀려야 하는 신세임을 다시금 드러내준다. 진솔한 삶의 풍경이 애틋하게 느껴지는 대목이다.

'풍경을 바라보는 내'가 '자신이 속한 풍경'을 대상화해서 그리는 방식은 '풍경을 바라보는 나'와 '내가 속한 풍경' 사이에 거리가 형성되어 있으므로 가능하다. 그 덕분에 특정한 상황이 빚어내는 정서도 다른 관점으로 조명할 수 있는데, 위의 시에서처럼 남루한 삶일지언정 그 속에는 기실 유머와 같은 측면이 숨어 있다는 점도 발견하게 되는 것이다. 그렇다면 위 시에 대해선 이렇게 말할 수 있겠다. 남루한 삶의 한복판으로 자신을 밀어붙인 시인은 그곳이 곧 자신이 저버릴 수 없는 '이번 생'임을 깨닫는다. 따라서 시인은 거기의 지리멸렬함에 파묻히지 않기 위해 끊임없이 상황과 거리를 둠으로써 삶이 전하는 비애감에 가려졌던 희극적인 면모까지 들추어낸다. 살면서 체득한 기지가 가감 없이 발휘되는 것이다. 안주철의 시작(詩作)은 가장 낮은 곳에서 지금 여기를 지탱하는 삶의 안녕을 묻기 위해 이어진다.

3

시인의 첫 시집을 읽고, 어깨를 움츠린 이의 기색이 느껴졌던 배경에는 시인이 이고 있는 처절한 삶의 무게가 있어서라고 쓴다. 시인의 음성은 대체로 "이번 생"을 체념해서가 아니라 살아내기 위해 안간힘을 쏟는 자리에서 울려퍼진다. '희박하게' 숨 쉬는 목소리가 독자의 귀에 들리는 까닭에 아무래도 독자는 시인의 곁을 떠날 수 없을 것 같다.

115

가늘지만 끈질긴, 건강한 숨결이 거기에는 있다.

집으로 돌아갈 때 저는 골목을 이리저리 물고 다니는 개같이 쓰레기를 쌓아놓은 전봇대 옆이나 물결을 이어붙이며 흘러가는 하천을 서성댑니다. 제가 가질 수 있는 것이 더이상 흥미를 끌지 못하고 버려진 장난감이라고 해도 실망하지 않습니다. 다행히 저는 실망하는 법을 배우지 못했습니다.

—「양계장」 부분

불행한 시를 오늘만은 쓰지 않고
오늘만은 쓸쓸함에 기대거나
슬픔에 만족하지 않으려고 합니다.

(…)

봄밤인가요? 봄밤입니다. 혼자 묻고 혼자 대답해도
봄밤입니다.

당신이 걷고 있는 길은 살아서 길길이 날뛰나요?
봄밤입니다.

—「봄밤입니다」 부분

시에 등장하는 '나'는 다른 이들의 시야에서 벗어나거나 업신여김을 당하는 자리에 주로 있다. '나'는 존재하지 않는 상태에 익숙하지만 "실망하지 않"는다. 또한, 마냥 "쓸쓸함에 기대거나/슬픔에 만족하지 않으려" 한다. 이것은 왜 삶이 아니란 말인가. "뜰에는 목련이" "두그루밖에 되지 않아도" 가지 끝에 만개한 수겹의 꽃잎들로 시인의 뜰에는 봄밤이 가득 차 있을 수 있는 법이다.

안주철 시의 풍경에는 황폐한 어둠속에도 "살아서 길길이 날뛰"는 이들이 숨어 있다. 이들은 척박한 삶이 계속해서 펼쳐질지라도 이번 생에서 쉽게 도망가지 않으려는 근성을 발휘할 줄 안다. 그를 엿들은 우리는 서정 대신에 순정으로 삶을 껴안은 사내의 시를 만났노라고 말해도 될 것 같다.

梁景彦 | 문학평론가

다음 생을 위해 새벽에 일어나
출근을 서두르는 사람은 없습니다.

다음 생을 위해 야근을 하고
종이를 줍는 사람은 없습니다.

이 세상에 불행을 보태기 위해
태어난 사람은 없습니다.

오래된 희망은 모두 사라졌지만
새로 만들어야 할 희망은 남았겠지요.

우리는 이미
다음 생을 시작했는지 모릅니다.

2015년 6월
안주철

창비시선 390

다음 생에 할 일들

초판 1쇄 발행／2015년 6월 22일
초판 3쇄 발행／2021년 11월 17일

지은이／안주철
펴낸이／강일우
책임편집／김선영
펴낸곳／(주)창비
등록／1986년 8월 5일 제85호
주소／10881 경기도 파주시 회동길 184
전화／031-955-3333
팩시밀리／영업 031-955-3399 편집 031-955-3400
홈페이지／www.changbi.com
전자우편／lit@changbi.com

ISBN 978-89-364-2390-2 03810

＊이 책은 한국문화예술위원회의 2014년도 아르코문학창작기금을 받았습니다.